DAS ROTSCHWARZE BUCH

Bilder einer Seele

IN LIEBEVOLLEM GEDENKEN AN
HILDEGARD STRÜBEN

FÜR MEINE LIEBE.
FÜR MEIN LEBEN.

FÜR MEINEN HASS.

ERSTE AUFLAGE

Nico Szaba

Das Rotschwarze Buch

Bilder einer Seele

Illustration: ***sdhp New Media, Switzerland www.sdhp.ch***

Herstellung und Verlag: BoD – Books on Demand

*ISBN: 978-3-**8482-0793-0***

Inhaltsverzeichnis

BE-VOR-WORT-E.

Nur wer Worte findet, die die Dinge beschreiben können, die uns in unserem Leben widerfahren, wird das Leben verstehen und für sich einen Weg definieren können.

Über einen sehr langen Zeitraum habe ich die Welt beobachtet, die mir begegnet ist.

Im Alltag, in der Freizeit, bei der Arbeit.

Unzählige Menschen sind an mir vorbei gegangen in dieser Zeit,
einige sind stehen geblieben, andere weitergelaufen.

Von allen konnte ich lernen.
Sie waren weiss, braun, gelb, schwarz, grün...

Zwei Jahrzehnte Texte und Definitionen habe ich in diesem Buch als Auswahl zusammengestellt,
und wünsche viel Freude, viel Liebe, viele Tränen und viele Erkenntnisse bei der Lektüre.

Viele sagten mir, sie finden sich wieder.
Einige sagten mir, sie haben sich überhaupt erst gefunden.
Finden Sie heraus, was Sie für sich herausfinden können.

NICO SZABA, im September 2012

GEDICHTE

Erkenntnis.
Mensch zu sein
erlernt nur der,
der sich seiner
Stärken und Schwächen
in gesunder Selbstkritik
und Selbsterkenntnis
bewusst im eigenen Weltbild
mit sich und der Umwelt
in abgeklärter Eintracht
zufrieden
zu leben und zu sterben
weiss...

Neid.
Wie arm
ist doch der Neider
weil er seine eigenen Schätze
nicht sieht
und das Gefühl
seine Freude
auch daran erstickt.

Persönlichkeit
Die Persönlichkeit eines jeden
ist ein Schmetterling.
Krankheit,
schwere Zeiten brechen den Kokon.
Alter,
Lebenserfahrung lassen ihn nur langsam bröckeln.
Denke und
lerne zu fliegen, lieber Freund!

Krieg

Ein abgetrennter Kopf
fliegt verstört grinsend
durch die Luft.

Bohrt sich mir tief
in die Eingeweide und
raubt mir meine Erinnerungen an

das Leben, das ich lebte
die Frau, die ich liebte
das Kind das ich zeugte und
niemals sah.

Mein Blut vermengt sich
mit der Erde um mich
die ich zu verteidigen
angehalten ward

und ich sehe: Ich habe versagt.

Versagt. Denn ich habe nichts getan
gegen den Krieg, den ich niemals wollte.
und ich weiss: Ich werde nicht der letzte sein.

Und während ich sterbe, schreibt mein Blut diese
Zeilen über das Schlachtfeld.

Der Krieg ist die Angst der Kleinen
und die Gleichgültigkeit der Grossen.

Und während ich gehe:

Ich küsse Dich, Frau
Ich küsse Dich, mein Kind

und: ich küsse Dich, Feind.

(Bei diesen Worten steht der Krieg auf, und verlässt
unter dem Beifall der Toten
und der Krüppel hilflos schweigend den Raum...)

Dann: Nichts...

Traum des Fliegers.
Du träumtest

vom Fliegen – für einen Tag---
frei und unbeschwert
die Sorgen, die Nöte
am Boden zurück
gelassen – für einen Tag...
frei und unbeschwert.

Dann sperrten sie
die Brücke – für einen Tag...
als Dein Traum Wirklichkeit wurde
frei? und unbeschwert?

Blumen dort jetzt,...
... weil Du es bist,
der uns fehlt – an jedem Tag...

Unsicherheit.
Tausend Augenpaare mustern mich.
Versuchen
die Seele der Fassade grausam zu entreissen
zu erforschen und damit
zu spielen
um sie dann doch uninteressiert
fortzuwerfen
Und oh!
Jedes Augenpaar
in das ich blicke
weicht verschämt und peinlich berührt aus,
um nicht selbst in die gleiche Gefahr zu geraten.

14 Wochen.
Du schaust.
Faszination.
Ohne sie
zu kennen
wird sie
ein Teil Deiner Welt
Unnahbar
scheint sie –
und doch
sieht sie her, und
ohne sie
je gehört zu haben
wird ihre Stimme
ein Teil Deiner Welt.
Es beginnt
Dich zu zerreissen,

Du wehrst Dich
umsonst – denn
ohne sie
je berührt zu haben,
wird ihre Haut von Samt
ein Teil Deiner Welt.
Ein Lächeln
dann ernst
Du zweifelst,
verzweifelst,
ohne ihre Nähe
ist sie doch immer
ein Teil Deiner Welt.
Du kennst sie
noch immer nicht
und
ohne sie
zu kennen
bleibt sie auf einmal
für immer
ein Teil Deiner Welt.
Und Du beginnst
ohne sie
mit ihr zu leben
auch
wenn
es
Dich
zerreisst.

(für Mandy Eckert - wo immer sie jetzt ist)

22.
Heute Morgen entsetzt im Spiegel die ersten grauen Haare entdeckt.

Allerdings im Kopf – und nicht auf dem...

Ein weinendes Kind
auf den Arm genommen
getröstet
an mich gedrückt
die bitteren Tränen,
die das zarte Gesicht
unkenntlich gemacht
weggewischt.

Dann – Schock.

Beinahe fallengelassen.

Ich bin es selbst,
den ich im Arm halte.

Der kleine Blechtrommler
kommt mir in den Sinn,
der niemals wachsen wollte.

Nein!

Das wäre eine Katastrophe gewesen.
Ich bin gewachsen – in mir und an mir selbst.
und ich weiss: Es gibt keinen Weg zurück.

Nur nach vorn.

Trotzdem: Ich drücke das Kind
wieder und wieder an mich
auch wenn
es niemals
aufhören kann
zu weinen...

Allein.

Marternde Stille
im eigenen Kopf.
Ein Rauschen
ganz fern
ohne Grund.

Eifersucht
auf das Lachen
der anderen.

Das eigene Spiegelbild
zu nah
vor den Augen
verschwimmt
in den Tränen.

Kein Gestern.
Kein Morgen.
Kein Entrinnen – nur Taumeln.

Alptraum.

Zwanzigtausend Augen blicken auf mich herab,
erdrücken mich, mit ihrer bösen Kritik.

Starke Arme des Selbstzweifels würgen mich,
nehmen mir jede Luft zu einer Rechtfertigung.

Die Scham entreisst mir schmerzhaft ein Bein,
damit ich ihr nicht entfliehen kann.

Höhnisch grinsend zeigt mir der Hass ein Spiegelbild
und der Stolz hält den Kopf,
damit ich nicht wegblicken kann.

Ekel windet sich schlangengleich
um meinen Körper.

Von innen reisst mir die Angst
genüsslich schmatzend Stücke aus
der Brust.

Und die Menschen, auf die ich zählen möchte,
stehen da und klatschen stummen Beifall.

Und ich erwache aus einem Traum, der keiner war...

Armut.
Wie reich
ist doch der Arme,
der wenig hat
selbstverständlich
auch das teilt
mit anderen,
und sich
geldsorgenfrei
damit befassen kann
Mensch zu sein
und sich auch
seiner eigenen Schätze
(unter-) bewusst neidfrei
an kleinen Dingen
erfreuen
kann...

Wohlstand.
Fettleibig
wälzt sich
der Wohlstand
aus seiner Limousine.
Zertritt beim Ausstieg unachtsam
das Soziale im Menschen,
nimmt sich,
brilliantringbefingert
die Augenbinde ab,
reibt sich die
Augen und den Bauch,
betrachtet missbilligend
zu seinen Füssen

das im Hunger sterbende Afro-Kind,
rümpft die Nase
ob der Obdachlosen,
die ihm ein Almosen
abflehen möchten,
schiebt die Schwachen
!beiseite,
um den Liegestuhl
zu erreichen,
in dem er sich
in satt-zufriedener Ruhe
im Schein
seines Geldes
braun-sonnen kann.
Und weil er,
von eignen Gewicht gezogen
kreislauftechnisch zu schnell
darniederliegt,
erbricht er
Kaviar
und alles andere,
und schläft fett-müde ein
im Erbrochenen
unter der Wärme
seines Fettes und
der goldenen Südsonne;
schwitzend.
Weiter so!

Verantwortung.
Ein kleiner Fisch
schwimmt in einem Fluss.
Und schert sich einen Dreck darum
wem dieser (Fluss) wohl gehört.
Er atmet und
er lebt darin.
Einfach so.
Ein kleiner Fisch
schwimmt in einem Fluss.
Und schert sich einen Dreck darum
woher dieser (Dreck) wohl kommt.
Er atmet und er stirbt darin.
Einfach. So?!

Für meine Kameraden bei der Bundeswehr,
Jägerregiment 10, Pfullendorf

Eifersucht.
Mit der Eifersucht
verdrängt man
die Liebe
des anderen
engt ein
erstickt
jegliches gute Gefühl
in ihm
und sich
erzeugt Misstrauen
und zerstört,
was man doch eigentlich gerade gar nicht verlieren
will...

Ein anderer Ort.
Harter Fels
knistert durch die Dunkelheit.
Jäh unterbrochen
durch gleissendes Licht
Kälte
zerrt
an den Wangen
spröde Haut und
spröde Knochen
als der Boden nachgibt
ein letztes Lachen
verrückt
in der Nacht
auf dem Weg
an einen anderen Ort.

Es ist Nacht.
Die Finsternis droht
mich zu verschlingen
Ich eile
durch die dunklen Gassen
und verharre
für einen Augenblick
unter dem fahlen Licht einer Strassenlaterne.
Plötzlich
Schritte.
Hastig
bücke ich mich
um mir die Schuhe zu binden.
Welch Glück, dass der Fremde nicht
die Reissverschlüsse an meinen Stiefeln bemerkt hat.

Frische Liebe.

Eine sanfte Melodie
dröhnt in meinem Kopf.
Bevor ein Gedanke Fuss fassen kann,
drängen bereits fünf weitere
stiften süsse Verwirrung.
Möchte alle Menschen umarmen
sie könnten mich nicht verstehen
denn sie haben es vergessen
wie auch ich es zuvor vergessen hatte.
Möchte tanzen vor Glück
zerspringen an dem Gefühl,
das von innen drückt.
Freude. Grenzenlos.
Verdrängt die Angst
meine schillernde Seifenblase
die mir ihr süsser Mund geschenkt
könnte platzen.
Und ich beginne wieder zu leben...

Herbst
Herbst
Um mich herum
vorherrschend
die Farbe braun.
Sterben
die Natur
und drei Türkinnen
verbrannt
an Unverstand
und Intoleranz
zweier junger Menschen.
Hätten ja auch mehr sein können.
Gibt ja eigentlich auch genug.
Mal sehen, was der Winter so bringt.
(Für die Opfer von Mölln, in der Nacht auf den 23. November 1992)

Kampf.
Harte Splitter
scharf
von aussen
durch die Haut.
Tief
Ertrinken
im Blut
so rot – so rot.
Schmerz
nimmt die Luft
für den Schrei.
Kälte, dann Wärme

im Wechsel
begleiten den Kampf
ohne Ende
und doch...
...Besiegt ist der Tod!

Kommunikation.
Es treffen sich
zwei Verstände,
unterschiedlich
erwachsen
in den Erfahrungen
zum Spiel
mit den Worten
und dem Austausch
der Gedanken:
Klopfen sich
gegenseitig
ab
und auf die Schultern
schaffen Eintracht und Zwietracht
finden Kompromisse
lehren und lernen
kennen
und zu vergessen
kämpferisch
spielerisch und im Ernst
im Streit
um die Macht
über den anderen,
gebären

frei tanzend
neue Ideen
und das Leben
lachen und weinen
miteinander
spenden einander Trost
und Verständnis
und die Lebensfreude
formen Persönlichkeiten
tauschen Hass und Liebe
gehen Hand in Hand
und trennen sich doch
an der vertretenen Meinung
des anderen
machen sich wichtig
und sind es auch
aus der Notwendigkeit zu kommunizieren...
Doch die Kommunikation stirbt
an Miss- und Unverstand
und wird zu Grabe getragen
von der Gleichgültigkeit
und ihrem nicht erkannten Gewicht.
Und der einsame Wolf ertrinkt
in seinem eigenen Denkerschwitzten...
Für Jörg "Jesus" Glöckner.

Krähe.
Es gibt ein Leid
das keine Worte kennt,
und einen Schmerz
tiefer
als jede Seele
und ein Schwarz
das dunkler ist
als der menschliche Geist
es überhaupt
jemals
erfassen kann...
Thanks for the inspiration, James O´Barr!
Could you find peace - at the end?

Krankheit.
Fiebriger Wahnsinn spielt
mit meinen Augen.
Gaukelt mir vor,
die Welt um mich
würde taumeln.
Und doch bin es ich...
Ein weisser Schleier der Unvernunft
überzieht alles
was früher im farbigen Glanz erschien.
Stimmen, Geräusche
obwohl direkt neben mir
dringen nur aus der Ferne in mich
überfordern mich
interessieren mich nicht,
der ich doch mit mir selbst beschäftigt bin.

Es ist nur der Schlaf,
der das Martyrium erträglich macht.
Und die Hoffnung auf das Ende...

Kreativität

Zügellos
durchrasen
tausend Gedanken
vorbei
am inneren Auge
den Verstand
frei jeder Norm
und
malen Bilder,
schreiben Bücher,
formen Kunstwerke,
nur weil
sich der Verstand
auch mal
für fünf Minuten,
oder mehr
die Freiheit nehmen darf
zu spinnen...

Auf die Frage, wie man so viele Ideen zu Texten haben kann.

Melancholija.
Der Geruch
des anderen
klebt an ihr
färbt ihre sonst
zart-weisse Haut
aschfahl.
Er nahm
was sie mir nicht geben wollte.
Sie gab,
was sie mir nicht geben konnte.
Niemand weiss,
was trägt sie nun in sich?
Ist es Leben – oder der Tod,
den ich selbst so gerne hätte?!?
Als S. nach Hause kam an jenem Tag.

Das Blut der anderen.
Ruhig atmend
schläft sie
im Blut der anderen
und ihre Hand
krallt noch immer
das Laken,
das doch eigentlich
gar nichts
dafür kann.
Und doch
ruht hier endlich,
was niemals zuvor
zur Ruhe kam.
Und es ist gut.

Schlösser.
Während die Zeit vergeht
werden Schlösser zu Ruinen.
Und es verblasst
die Erinnerung
an das Lachen
des Kindes,
das mit Hoffnung
nach vorn sah
und doch nicht sehen konnte, dass –
wenn die Zeit vergeht,
Schlösser zu Ruinen werden...

Der Deal.
Zertrümmert
der Glaube
an endlose Liebe
die alle suchen
kamst Du
nahmst mich
in Deine Arme
in Dein Herz
und Dein Leben
Wärme
überall
auch dort,
wo einst
mein eigen Herz
schlug
Sofort
sahst Du
mich und

was kommen musste
und dennoch
ertrugst Du
den Schmerz
nur um bei mir zu sein
in Hoffnung und doch
so sicher
ohne Hoffnung
mein Herz käme zurück
und zu Dir, wenn es
nur endlich wieder
schlüge
Ist die Liebe dann endlos
wenn sie
nicht enden kann,
weil man
das Ende nicht zulässt,
wie es doch immer geschieht?
Süsse Grausamkeit und doch -
nur ein Deal. Am Ende.
I'm sorry, N.

Mutterliebe.
Das Erdrückende
an so mancher Mutterliebe
hemmt das Wachstum
der Pflanze Kind.
Wild kämpft sie
in jeder Mutter
um ihre Existenzberechtigung
nicht zu verlieren.
Doch der Druck
erzeugt Reibung.
Rebellion. Unverstanden.
Und wenn sie nicht zuvor
daran erstickt
bricht die zarte Pflanze
eines Tages
durch den Asphalt.
Atmet.
Die Luft der Freiheit
und erwächst
daran
zu einem starken Baum.
Liebe Mutter,
erkenne, erwäge Dein Gewicht!
Und:
wachse
am Druck,
liebe Pflanze.
DW, mögest Du das eines Tages verstehen...

Hass.
Im Innern gezüchtet als Larve des Bösen
sorgsam behütet von meiner Verschlossenheit
genährt an der Brust des Missverständnisses,
gestärkt durch Artgenossen im derben Spiel aus anderen

sucht er ausgewachsen
die Freiheit aus der Enge.

Entsteigt aus der Tiefe der Seele
quetscht mir beim Aufstieg das Herz,
lähmt den Verstand
benutzt mich Hilflosen für sein böses Treiben
schiedet meine Worte zu erbarmungslosen Dolchen
springt dem anderen mit meiner Faust in sein Gesicht.

Und stirbt.

Doch ich fühle: Bevor er ging, hat er mich erneut geschwängert.

Stellungskrieg.
22 positions in a one-night-stand.
22 Monate Einsamkeit herausgeschwitzt.
Danach gleich gegangen.
Zu schnell kennengelernt.

Trennung.
Das stumpfe Schwert
der Trennung
reisst
schmerzhaft
auseinander
was die Liebe
einst
so eng verwachsen liess.

Und hinterlässt mir
Wunden, die nur langsam heilen
und danach
hässlich eiternde Narben
zu Erinnerung.

Behindert.
Tränen des Zorns
über mich selbst
und gesunde Scham
steigen hoch in mir,
wenn ich in mir
entdecke
Scheu und Ekel
beim Anblick eines
seltsam zuckenden
oder anders entstellten
Behinderten.

Dabei ist die Überwindung, diese Menschen als solche zu sehen und zu behandeln gar nicht so schwer. Just try it! ... ... Froh daran, gesund zu sein!

Fassade.
Wohlgezüchtet
im Nährboden
des Misstrauens
gestählt
glänzt
vor jeder Seele
die harte Maske
des Selbstschutzes.

Ha!
Und ich sehe sie doch!

Gerechtigkeit.
Es gibt
eine andere
Gerechtigkeit
als die eigene

getragen vom Weltbild
der anderen

weil jeder
die Welt
in anderen Farben sieht

als ich selbst.

Destruction

DESTRUCTION
means rebuilding.
And who the hell
told you
it's bad

to rebuild sometimes
in a modern way
to face the future.

Energie!

KEINEN GRUND MEHR
den Kopf zu senken!

Nicht allein
Energie getankt
Perspektive.

Der Fall
nach oben
beginnt
im Kopf.

Jetzt.

Wolken.
Einst in der Sonne gelegen,
warm und wohlig das Gefühl,
doch als die Wolken kamen,
machten sie mich kalt.

Das Lachen Dritter.
Stell Dir vor, Du vertraust.

Erzählst.

Und ein Dritter lacht dann darüber...

Ewigkeit und Nichts.

Im Nichts liegt die Ewigkeit,
die Ewigkeit liegt im Nichts.

Nichts ist die Ewigkeit,
die Ewigkeit ist das Nichts.

Nichts ist für die Ewigkeit.

Grau.

Dröhnende Leere im Kopf
die Farben sind grau
keine Träne mehr, die das Auge
verlässt,
alle verbraucht
wie die Luft
die zum Atmen mir fehlt.

Was man sucht.
ich öffnete
die augen,
und sah
durch den schleier
meiner tränen
dich
wie du
gingst.
ich schloss
die augen,
und spürte
hinter meinen lidern
das brennende feuer
der trauer.
ich öffnete
sie wieder,
die tränen waren
gegangen,
hatten gekühlt,
und am ende
verstand ich,

dass ich dich
nur wollte,
weil
gerade das
mit dir
nicht geht.

Idyll.
Dunkelgrün das Moos,
umplätschert von klarem Kühl.
Schlüpfriger Fels,
junge Blätter
im Spiel
mit dem Wind
der Zeit.
Ein frischer Fisch
auf steinernem Bett
ringt nach Luft
sein Irrtum
der Sprung.
Anklagend
das Auge
Hilfe sucht,
die Kiemen
im stillen
Schrei bewegt.
Ringt um
die Luft
die ihn erstickt.
Danach
die selbe
Ruhe als

sein Schrei
verstummt.
Sinnlos verreckt.
Nichts ist geändert.
Weil
ein Fisch
nicht fühlt.

Splitter von Elfenbein.
Unplötzlich
klopft ein Ende
an Dein Lid.
Entdämmert Dich.
Beendet
das Summen
eingeschlaf'ner Glieder.
Lässt ungute Kälte
durch offene Fenster
entzieht
Dir die Decke
überm Kopf
und den Boden
unter Deinen Füssen.
Macht fremd,
wen Du liebtest.
Weil
nicht mehr
diese Arme wärmten
sondern
allein
die Arme
der Gewohnheit.

Vor Geschlagen.
Klag bitte nicht
meinen Atem an
den Du trotz
Sonnenschein siehst
wenn es doch
Dein Herz ist
das Kälte verströmt.

Dein Sarg.
Gebrochen Deine Hand
und mein Stolz
und auch ich.
Das damals.
Jetzt.
Dein modriger Geruch
ekelt mir die Nase
als ich Deinen Deckel schliess'.
Grünlich Deine Haut,
Seltsam die Flecken,
der Insektenfrass.
Maden schmatzend
in Genugtuung.
Befremdlich,
wie ausgerechnet Du
so etwas wie Leben erzeugst.
Keine Angst mehr
vor Deiner Enttäuschung:
Ich habe Dir
nichts mitzugeben.
Und dennoch -

leg' ich
zu Dir
jede Erinnerung.

Ich hatte dafür
niemals
Verwendung.

Da drüben, dort,
wo sie Deine Augen öffnen,
wird Dich jenes Unrecht jagen,
das von Deiner Hand ausging.

Von Dir habe ich gelernt.

Nicht jeder Abschied schmerzt.
Und ich mache das
schon jetzt.

Denn an dem Tag,
an dem es dann ansteht,
habe ich keine Zeit
mehr für Dich.

Für Immer.

Ach könnt ich ihn bloss
in Gold giessen
diesen einen Moment,
in dem ich Dir begegnet bin...

Als die Welt still stand
und aller Lärm verstummte
aus Respekt für den süssen Augenblick
in dem unser Tanz begann.

Vor nichts mehr Angst
in Deinem Armen,
Wärme und Klarheit allein
und erfüllte Liebe,
die weder Fragen stellt
noch offen lässt.

Vor nichts mehr Angst,
in Deinen Armen,

ausser dem Moment,
an dem die Melodie erlischt.

Du weisst schon.

Linien.
Eines Tages kamen die Menschen auf eine Idee.
Sie zeichneten Linien auf eine Landkarte und sagten:

"Was hier drin ist, ist meins."

Später, an einem anderen Tag, kamen die Menschen
auf die Idee zu morden.

Weil andere Menschen von der anderen Seite der
Linien kamen.

Wie spannend mag das werden,

wenn die Menschen eines Tages
auf die Idee kommen,

die Linien zu löschen,

das Morden zu lassen

und

sich

auf Liebe und Leben besinnen.

Es lebte sich leichter...

Es lebte sich leichter
dort im Wald
wo allein der Hunger den Tod bringt
und nicht die Gier.

Wo Friede und das Leben herrscht
und nicht der Mensch.

Wo die Natur in vermeintlichem Chaos
Farben, Gerüche und Klänge erzeugt,
und nicht Chemie und Motorengelärm.

Wo die Sonne allein bestimmt
über Schlafen und Wachen.

Wo Früchte an den Bäumen wachsen,
und nicht im Supermarktregal.

Und wo das Tier
kein Gitter kennt.

Es lebte sich leichter.

APHORISMEN UND ALLERLEI

Der allererste Eintrag
Verurteile niemals einen Menschen,
den Du nicht verstehen gelernt hast.

Werbung.
Ich kämpfe konsequent gegen alles, das meine Persönlichkeit in irgendeiner Richtung beeinflussen will, die mir nicht passt.

NEIN!

Coca Cola, Du kannst mich mal, mit Deinen blöden
rot-weissen Schildern allenthalben,
Benetton mit Deinem doofen Logo,
Esprit und Lacoste,
Michelin mit Deinem dämlichen Fett-Weissen,
Aral mit Deinem Tiger,
West, Camel, Marlboro
und wie ihr sonst noch alle heisst:

LECKTMICH!

Hoppla?!

Wieso sind mir denn jetzt eigentlich gerade die
eingefallen?!
Ich hätte ja auch...
Komisch!
Komisch?

Und wer jetzt bemerkt hat, dass der Tiger
für Esso steht,...
hehe!

Grausam.
Wie grausam ist das Leben der Vergewaltigten, die doch ihren Verstand nicht von ihrem Körper lösen kann...

Stärken und Schwächen.
Der Starke gibt dem Schwachen die Kraft,
stark zu werden.
Der Schwache gibt dem Starken die Kraft
stark zu bleiben.

Offen und Einfach.
Die meisten einfachen Menschen sind offen.
Offen sein ist NICHT einfach.

Probleme.
Die meisten Probleme lösen sich von selbst, wenn man jemanden findet, der einem bei dem zuhört, was man sich selbst nie erzählen könnte (würde)...

Tot?
Ein Toter bleibt so lange lebendig,
bis man ihn vergisst.
Ist ein Sinn des Lebens
niemals vergessen zu werden?

Körper der Liebe.
Sinnlichkeit ist die Seele einer Beziehung
Offenheit ihr Rückgrat

Liebe das Herz.

Kälte.
Heute eine Frau auf der Tanzfläche kennengelernt.

Nach dem ersten Blickkontakt gefragt, ob es ihr etwas ausmacht, mich einmal in den Arm zu nehmen.
Nein. Hat sie gemacht.
Ich habe es mir irgendwie anders vorgestellt...

Mehr erwartet?

Vorurteile.
Das Vorurteil ist eines der grössten Feinde der Menschenkenntnis.

Menschenkenntnis.

Menschenkenntnis ist Macht.

Diese Macht zu kontrollieren ist

schwerer, als die Menschen durch die Macht.

Kontrolle.

Meist ist es leichter, andere zu kontrollieren als sich selbst...

Krieg – die Essenz.

Der Krieg ist die Angst der Kleinen

und die Gleichgültigkeit der Grossen.

Religion.

Religion ist die Kraft

des Schwachen

der sich an etwas Einfachem festhält,

das zu schwer ist

für ihn zu begreifen.

Der Beinahe-Hospitalismus,

der in den Jugendlichen schläft,
die tagsüber von den Eltern
auf sich allein gestellt
vernachlässigt werden,
wird uns beim Aufwachen
noch alle das Fürchten lehren!

Deutschland erwache...   ... lieber nie...!

Wahrheit.

Die Wahrheit ist

die Freiheit des einfachen Geistes
die Angst des Missverstandenen
die unbedingte Notwendigkeit sozialen Zusammenlebens

und die Kraft ehrlicher Liebe.

Trotz.

Trotz ist die zerstörerische Normalreaktion auf Dinge, die die Persönlichkeit in eine Richtung lenken möchten, die einen zum Gegenteil zwingen, spontan und ohne Sinn – oder Unsinn – zu erwägen.

Beiseite.
Der Mensch
schiebt schnell – zu schnell
Dinge, die er nicht versteht
beiseite
und verdrängt damit,
dass er Mensch ist
und gar niemals
alles wissen
kann...

Toleranz ist Verständnis.
Für Menschen und Zustände, die –
bei näherer Betrachtung und Nachdenken
ohne weiteres erträglich für jeden sind.

Weil die eigene Freiheit oftmals gar nicht,
oder „überlebbar“ eingeschränkt wird.

Und wer will schon selbst in die peinlich-
schmerzende Lage geraten,
nicht verstanden unter der Intoleranz von anderen zu leiden.

Und dann ist ja da noch das geflügelte Wort:
„Was Du nicht willst, das man Dir tu,.......“

Entschuldigung.
Eine Entschuldigung fällt deshalb so schwer,
weil sie eine erkannte Schwäche offenbart,
die dann gern vom Machtgefühl des anderen
getreten und lächerlich gemacht
ausgenutzt wird.

Geschmacksache.
Ein jeder
stellt sich
eine eigene
Norm
persönlichen Ästhetikkeitsempfindens
auf.
Und diese
sollte er auch
behalten dürfen...

Zugegeben.
Wer seine eigene Schwäche (über-)sieht
und damit dem anderen als Stärke zu verkaufen
sucht,
hält sich selbst und den anderen zum Narren
und erntet dafür auch immer
die verdiente Missbilligung.

Orte.

Es ist die Hilf- und Haltlosigkeit, die die Menschen an Orte treibt, an denen sie eigentlich gar nichts verloren hätten...

Kleidungsdenkanstossassoziation.

Schlicht-Intellekt?

zerrissen-haltlos?

Seriosität-Zwang oder Fassade?

Weiterdenken!

Lebensfreude.

...und immer wieder Menschen, an deren unbefangener Lebensfreude man sich aufrichten kann...

Über die Amerikaner.

Gerade eben in einen Kaugummi gesetzt und wieder einmal masslos über die amerikanische Kultur geärgert...

Selbsthass.
Selbst das,
was vom Hass

nach aussen dringt, ist nach innen gerichtet.
Schliesslich macht sich der, der ihn lebt bei seinen Ummenschen unmöglich.

Weisheit.
Ist Weisheit
die Vorstufe
zu Wahnsinn
oder
Verdrossenheit?

Tierliebe.
Weil das Tier
kein Mensch
ist und zudem
Launen und Stimmung
schweigend
in seiner Notwendigkeit
kompromisslos liebend
erträgt
flüchtet sich
so mancher enttäuschte
in eine Beziehung
zu einem Tier...

Sehen.
Ich denke, also sehe ich.

Schrift.
Die Schrift
eines jeden Menschen
drückt die Gefühlslage aus
in der er sich
im Moment des Schreibens
befindet
und in der er aufgewachsen ist...

Freiheit.
Der Adler
der Freiheit steckt in jedem Menschen.

Seine Schwingen erwachsen am (Selbst-)Bewusstsein
und pressen an die Wände
jeder Brust.

Widerstand.
...und weil jeder Mensch
schon immer und
überall geneigt ist,
den Weg des geringsten Widerstandes
zu gehen
denkt keiner mehr nach

über sich selbst
und seine Ummenschen
versteht sie nicht und verurteilt sie
und wir
stehen deshalb dort, wo wir sind.
... und vielleicht auch hingehören...?

Unterschiede.
Ein anderer Unterschied zwischen Mann und Frau
ist der, dass der Mann mit dem Verstand,
die Frau mit den Gefühlen denkt...

Prototyp: Bauchdenker.
Bierbauch, Schweinshaxen, eingerosteter Verstand:
kurz – der Deutsche.
Rom ist übrigens so ähnlich untergegangen, und die
Römer sahen gegen Ende auch nicht viel besser auch.
Der Witz ist ja der:
Der Bauch ist stolz auf sein Bier,
Die Haxe ist stolz auf ihr Schwein,
der Verstand auf seinen Rost,

und der Deutsche... – eben stolz ein Deutscher zu
sein.

Über den Knutschfleck:
...andere Farmer machen Brandzeichen auf ihre Kü-
he...

Arroganz.
Man sagt, ein guter Tänzer sei
auch ein guter Liebhaber..
Kann nicht stimmen – ich kann nicht tanzen...

Extremismus.
erzeugt Unverstand

in Anderen und
im erblindeten selbst
über sich und die Anderen

und lässt
das Gute
der Ideen
und das Gute
im Extremisten
realitätsentfremdet
in Neid und
im Unverstand

ungehört verhallen.

Der Clown in mir...
... doch mein eigenes Lachen habe ich nie gehört...

Anpassungsfähigkeit.
Um meine Anpassungsfähigkeit zu testen nach Alaska ins Ewige Eis geflogen und splitterfasernackt ausgezogen.
Gewartet, wann mir wohl ein Fell wächst.
Hm. Ausser einer schweren Grippe und ein paar äusserst schmerzhaften Frostbeulen keine neue Erkenntnis mit nach Hause gebracht.
SCHEISS-TEST!!!

Zwei Männer...
Zwei Männer sich umtänzelnd und anbalzend auf der Tanzfläche beobachtet...
Was machen denn die da?!
Stecker auf Stecker passt doch nicht!?
Solche Arschlöcher! ...
Ach sooooooooooo!

Skinheads.
Skinheads sind doch besonders deutsch?!
Dann sollten wir sie in Zukunft doch auch
besser Hautköpfe nennen!

Wer seine Haare schert, zeigt durch seine Auto-Aggression bzw. Selbstverstümmelung wie schlecht es ihm geht. Selbsthass. Ausser Skinheads ist dieses Phänomen auch bei Frauen zu beobachten, die gerade ihren Partner verloren haben.

Schrei nach Liebe.
Sie kennen das Lied der Ärzte?
Haben Sie auch schon lautstark mitgesungen?
Wissen Sie was Attitüde heisst?
ICH habe den Duden genommen und nachgesehen.
Wer will denn schon ein Arschloch sein?

Schweigen und Hass.
Schweigen erzeugt Hass.
Durch Miss- und Unverstand.
Dialog!

Körpersprache.
Wer seine beherrscht und die des anderen versteht, der beherrscht den anderen.

Der Pessimist.
Ein Pessimist ist einer, der sich morgens ein Namensschild um den grossen Zeh hängt, bevor er sich die Socken anzieht.

Kritikfähigkeit.
Wer Kritik an der eigenen Person
durch das Suchen von Fehlern beim anderen wettzumachen sucht, hilft damit weder sich noch dem anderen...

Entwicklung durch Kritik.
Eine Partnerschaft kann für die Bildung einer Persönlichkeit deshalb so wertvoll sein, weil man im Regelfall niemanden so nahe an sich heran lässt, wie den eigenen Partner. Des Partners Kritik und Denkanstösse sind besonders wertvoll, und sie helfen, sich weiterzuentwickeln. Positiv.

Problemlösungen.
Ein Problem löst man niemals
mit der Suche nach dem Schuldigen.
Man löst es mit der Suche nach der Ursache.

Ein schlechtes Licht...
Bist Du einmal in ein schlechtes Licht gerückt, wirft selbst Deine beste Tat noch fahle Schatten...

Depression.
Warum machen die Leute, die Angst vorm Dunklen haben immer das Licht aus?

Eitelkeit.
Die Eitelkeit manchen Leute geht doch tatsächlich so weit, dass sie sich das Polizeifoto nach einer Bussgeldandrohung zuschicken lassen, nur um zu sehen, ob sie auch gut getroffen sind...
Grüsse an Heinz G. aus TUT

Autosuggestion.
Autosuggestion wirkt auf andere oftmals selbstherrlich. Warum jedoch sich verstecken?!

Selbstkritik.
Die Fähigkeit zur Selbstkritik ist einer der Schritte zu einem gesunden Selbstbewusstsein.

Sinn.
Nicht alles, was uns unverständlich scheint, macht keinen Sinn!

Auslese.
Wir finden hässlich, was krank aussieht.

Schach.
Oft ist das Leben wie ein Schachspiel.

Kennt man die Figuren und ihre Züge
kann man sogar die eine oder andere Partie
gewinnen!

Vergessen.
Warum
denkt ein Mensch
um dann doch
zu vergessen?!

Gutes.
Und wem genau haben *Sie* heute
schon Gutes getan?!

Gleichgewicht.
Es gibt da
ein seltsames Gleichgewicht
im Universum.

Zu allem
gibt es ein
Gegenteil.

Und:
Tun wir Gutes, kehrt es zu und zurück.
Nicht immer sofort und manchmal nicht direkt.

Tun wir Schlechtes...

Überlassen wir doch den anderen ihre Entscheidung
und sorgen wir selbst dafür, dass uns
soviel Gutes
als möglich
widerfährt...

Träume und Ziele.
Ein Mensch
ohne Träume und
ohne Ziele
ist doch nur
eine tote Hülle.

Verluste.
Was man so alles verlieren kann...

Die Liebe, die Arbeit, den Glauben,
die Freude, die Selbstachtung,
die Freunde, den Willen, das Leben.

Vielleicht ist es sogar
die vorgegebene Reihenfolge.

Take care of yourself, M.

Tränen.
Wenn
Deine Tränen
nach innen fliessen,

ertrinkt

Dein Herz.

Beziehungen.
Ein sehr hoher Prozentsatz
der Beziehungen
scheitert
bereits vor dem Zustandekommen.

Weil die Menschen verlernt haben
offen zu kommunizieren.

Musik und Zeitgeist.
Auch wenn es zurzeit nur
zwei Musikrichtungen gibt, die sich wirklich verkaufen, (Heavy und Techno),
und diese eigentlich grundsätzlich verschieden sind,
so haben sie doch eines gemeinsam:

Sie sind aggressiv.
Zeitgeist? 1992.

Narcotics.
Using narcotics
is pushing love into venes.

The right way?!

Leere im Kopf.
Die Leere in manchen Köpfen wiegt so schwer, dass sich die Besitzer zum Ausgleich die Köpfe scheren.

Reichtum und Niedergang.
Je reicher, desto bequemer.
Je bequemer, desto fauler.

Um mich herum zu viele Leute,
die zu faul sind zu denken.

Sind wir zu reich?

Denken und Kämpfen.
Beides hat die Menschen zur stärksten und überlebensfähigsten Rasse auf der Erde gemacht.

Die Bequemlichkeit zu denken und zu kämpfen wird eines Tages den Kreislauf der Natur wieder schliessen.

Der Sündenbock.

Unzufriedene suchen Sündenböcke.

Das zeigt die Geschichte.

Ein Sündenbock kennt keine Rache,
da er zu schwach ist.

Der Kreislauf der Natur kennt diese Rache.

Das zeigt die Erfahrung.

Schönheit.
Wer an
Äusserlichkeiten
festhält,
vergisst,

das Schönheit
sich verbraucht...

Kurios.

Kurios ist, wenn Du einem anderen
Deine Türe öffnest,
dieser sie wieder schliesst, um sich
dann lauthals zu beschweren,
dass er nicht mehr rein kommt.

Sterne.

Wie nah ist doch der Stern in der Verliebtheit.
Wie fern ist er doch, in der Realität.

Schreie.

Wie laut soll man schreien,
wenn einen doch niemand hört?

Leid.

Ich bin es leid,
anderen
meine Tränen
aus den Augen
zu wischen.

Vergebung.
Einen Menschen
zu küssen,
dessen Blut an Deiner Faust klebt,
ist nicht stark,
sondern krank.

Kompromisse.
Ein Kompromiss
ist nie die Entscheidung
eines Einzelnen!

Schnitt.

Je tiefer der Schnitt,
desto früher der Schlaf.

Häufigkeit.
Spätestens
die zehnte Entschuldigung
zählt gar nichts mehr,
wenn alle davon
die gleiche Sache betrafen.

Lauter!
Wer am lautesten schreit,
hat schon deshalb nicht Recht.

Geschätzt.
Wer sich selbst schätzt,
wird selbst geschätzt.

Paradox.
Paradox ist,
aus dem siebten Stock zu fallen,
und beim Aufprall gefragt zu werden,
weshalb man solch einen Lärm dabei macht.

Müde.
Streiten macht müde.
Zu müde für zwei.

Gefühle zeigen.
Ist es gut ein Gefühl zu zeigen, das andere belästigt?

Opportunismus.
Ein Opportunist nutzt die Norm als Entscheidungshilfe.

Die Feder.
Die Melancholie spitzt die Feder.

Wie oft?!
Wie oft redet man über die gleiche Sache ergebnislos?

Bis es alle begriffen haben?
Bis keiner mehr Lust hat?

- Bis keiner mehr da ist, der zuhört.

Verständnis.
Verständnis darf man nicht erwarten,
Man darf es erhoffen.

Die Krone.
Manchmal bricht einem
ein Zacken aus der Krone,
wenn man zu sehr
mit den Zähnen knirscht.

Zu Hause.
Manche Menschen fühlen sich erst zu Hause, wenn es ihnen schlecht geht.

Der Hofnarr.
Ein guter Hofnarr
macht auch dann noch Witze
wenn man ihm ins Gesicht spuckt
und ihn mit den Füssen tritt.

Ungeküsst.
Ein besonderer Reiz geht vor allem deshalb von ungeküssten Lippen aus, weil man sich zu diesem Zeitpunkt noch keinerlei Gedanken über Mundgeruch macht.

Zu teuer.
Der Preis jener Dinge,
die am meisten gestohlen werden
übersteigt den subjektiven Wert der Sache.

Die Handelshäuser müssen sich vor allem deshalb über deren Diebstahlsicherung Gedanken machen. Wäre der Preis niedriger, so müsste man sich weniger Sorge über deren Entwendung machen.

Vielleicht sollte man einmal die Kosten für den Schutz gegen die übermässige Marge aufrechnen.

Mass-Stab

Wer hohe Ansprüche stellt muss sich auch

gefallen lassen, selbst daran gemessen zu werden.

zu viel. zu oft. zu böse.

Zu viele Eltern erzählen ihren Kindern zu oft, wie böse und schlecht sie doch sind.

Kinder glauben den Eltern alles. Und behalten das für immer.

Möglicherweise wäre die Welt besser, würden mehr Eltern anders handeln

Visionen

Es sind jene mit Visionen, die die Erde ändern.

Nicht jene, die Dogmata folgen.

To Do.

Wenn Dein erster Gedanke am Morgen

eine Erinnerung an das Negative ist,

das Dir am Tag zuvor wiederfahren ist,

ist es Zeit zu handeln.

KURZGESCHICHTEN

Grossmutter.

Für meine liebe Grossmutter

Ich habe die letzten Tage gern mit meiner totkranken Grossmutter verbracht.
Es war mir ein starkes Bedürfnis, ihr wenigstens einen Teil von dem zurückzugeben, was sie mir gab.

Noch heute plagt mich der Gedanke, trotzdem etwas versäumt zu haben. Versäumt in der Zeit, in der ich ihr nicht nur geographisch fern war. Ich ärgere mich noch heute über meine jugendliche Gleichgültigkeit, mit der ich ihre versteckten(?) Hilferufe in Form eines Bahntickets überhörte.

Immer, wenn ich ein Problem hatte, kam ich zu ihr, NAHM mir ihren Rat und ihren Trost, und GAB ihr doch nichts von alledem zurück. Warum nur ist nehmen so viel einfacher als geben?! Und warum nur kann ein Mensch erst sehen, wenn es eigentlich schon viel zu spät ist?
Ihren nahen Tod vor Augen bin ich zu ihr gereist und habe die Tage, die mir mein Urlaub gestattete bei ihr verbracht.

So gut es mir ihr Stolz und meine Jugend erlaubte habe ich ihr geholfen.
Ich sah sie weinen, wenn ich nicht bei ihr war, hörte ihr zu, endlich zu, bei dem, was sie von ihrer Jugend erzählen musste. Nie zuvor war die Bindung zu ihr stärker als in diesen Tagen...

Als mein Urlaub zu Ende ging, verabschiedete ich mich von ihr, drückte sie fester an mich, als es ihre schwachen Knochen eigentlich vertrugen. Diese Umarmung hatte sie gebraucht, ich spürte das. Obwohl es nur ein Abschied bis zum nächsten Wochenende war, war es ein Abschied für immer. Und wir haben das beide gespürt. Ich erinnere mich noch genau an meine letzten Worte, die ich an sie gerichtet hatte:
"... und dass du mir keinen Unsinn machst..."

Daheim angekommen ging ich dann, angegriffen - müde durch die schwere Last der letzten beiden Wochen sogleich ins Bett.
Ich erwachte, plötzlich, exakt um 04:04 Uhr. Ging, beinahe schlafwandlerisch zum Telefon und nahm es zu mir ans Bett. Aufrecht sitzend wartete ich.

Gefasst nahm ich fünf Minuten später nach dem ersten Klingeln den Hörer ab. - Meine Tante.
"Sie ist soeben sanft, ganz sanft eingeschlafen...", sagte sie aus der Ferne zu mir.

Ich antwortete nur:
"Ich weiss."

Zwei Stunden später sass ich weinend am Steuer.
Ich zerging in schönen Erinnerungen an eine endgültig vergangene Zeit mit ihr.

Kaum in der Lage, aufrecht zu stehen nahm ich dann meine Tante in den Arm, um ihr den Trost zu spenden, den sie mir dann gab.

Ich ging in das Schlafzimmer, in dem sie ruhig eingeschlafen war - beneidete sie für einen Augenblick beinahe um ihre Ruhe - und begann ihr all das zu sagen, was ich versäumt hatte und viel früher hätte sagen sollen.

Hier ging ein MENSCH von uns.

Als ich dann, in Tränen erstickt die letzten Worte gesprochen hatte, ging ich ans Fenster und sah dem trüb-regnerischen Novembertag direkt ins Gesicht.

"Gut", sagte ich, "sogar der Himmel weint..."
Geschrieben am ersten Todestag. Zufällig.

Ich habe Aids - oder: Notlügen sind doch erlaubt?!

Sommer in einer typisch amerikanischen Kleinsiedlung.

Als sie ins Bett ging, liess sie das Fenster gegen alle Vernunft offen.

Sie hatten ihr erzählt, da sei einer unterwegs.
Einer von diesen Durchgeknallten, die für ein bisschen Spass das ganze Leben einer Frau ruinieren.
Sie hasste diese Typen.
Seit ihr Mann sie verlassen hatte, hasste sie eigentlich alle Typen, aber diese – diese ganz besonders.

Der Vorhang umspielte sonst eigentlich immer die Holzstrebe ihres Schlafzimmerfensters.

Heute nicht.
Kein Windhauch.

„Eigentlich witzig", dachte sie bei sich.
„Sogar dieses Stückchen Stoff spart sich jede Bewegung. Kein Wunder, bei dieser Hitze."

Warum sie das Fenster offengelassen hatte?

Weil sie sich sicher war, gut vorbereitet zu sein. Abgesehen davon, dass ihr Körper und ihr blondes Haar schon bessere Zeiten gesehen hatten, und sie sich nicht sonderlich attraktiv fühlte, war sie sich sicher, im Notfall für alles gerüstet zu sein.

Den Selbstverteidigungskurs hatten ihr damals ihre Eltern noch bezahlt, als sie noch in New York lebten. „Es ist immer gut, vorbereitet zu sein," hatte ihr Vater ihr als Lebensweisheit mit auf den Weg gegeben.

Vorbereitet war sie. Eine kleine silberne Waffe mit einem Perlmuttgriff lag in der Schublade ihres Nachtschranks. Sie übte regelmässig damit. Zielübungen. Und sie traf immer. Da hin, wo es wehtat.
Den Männern vor allem.

Und sie würde ihn schon hören, wenn er kam...

Ausserdem war da noch „Plan B"...

Daddy hatte gesagt: „Man tut immer gut daran, einen Plan B zu haben, wenn A nicht klappt."

Sie schlief tiefer als sonst. Muss daran gelegen haben, dass sie in den Nächten zuvor kaum ein Auge zugetan hatte, weil es so unendlich heiss war.

Oder der Typ war einfach nur verdammt leise.
Sie erwachte erst, als er mit seinem gesamten Gewicht auf ihr lag, und ihr den Mund mit einer riesigen Hand zuhielt.

Ein stechender Geruch von altem Männerschweiss in ihrer Nase.

Rasiert war er auch nicht.

Sein Stoppelbart kratzte an ihrer Wange, als er ihr ins Ohr flüsterte:

„Wenn Du einen Muckser machst, geht es Dir wie den ganzen anderen Schlampen. Ich werde jetzt die Hand von Deinem Mund nehmen. Ein lautes Geräusch, und Du bist tot, ist das klar?“

Sein Akzent kam irgendwo aus Texas.
Sie nickte. Er nahm seine Pranke aus ihrem Gesicht.

„Ok, ok, ok“, dachte sie bei sich
„Jetzt cool bleiben, keine Panik.“, dachte sie bei sich.

An die Kanone kam sie nicht ran. Das war klar.

Also: “Plan B”...: Die Notlüge:
“Lass mich in Ruhe. Ich habe Aids!“

Er machte keine Anstalten, von ihr abzulassen.
Nein, dieser Widerling öffnete den Gürtel. Das konnte sie hören. „Scheisse,“, dachte sie noch bei sich.

Dann raubte ihr der Schmerz zwischen den Beinen fast die Sinne. Eigentlich war er ziemlich schnell fertig mit ihr. Trotzdem schien es ihr wie eine kleine Ewigkeit.

Als er sich von ihr herunterwälzte, kotzte sie neben das Bett.

Seelenruhig zog er seine Hosen wieder an. Gott - fühlte sie sich schmutzig.

„Stimmt das mit dem Aids?“, brummte er und schloss die Gürtelschnalle.

„ Ja, Du Arschloch! Hoffentlich verreckst Du dran. Das hast Du nun davon - für ein bisschen Spass.“

Warum redete sie eigentlich überhaupt mit ihm?

„Wieso? Es ist mir egal. Ich hatte es ja selbst auch. Schon vorher.“

Die Schöne und das Biest

Ein Motiv, das wir alle kennen. Als Film, Märchen, Serie – liebevoll und gefühlsschwanger.
Doch auch weg von Leinwänden und Hollywood ist dieses Phänomen auch des Öfteren in unserem direkten Umfeld zu beobachten.
Hut ab vor den Mädchen, die sich konsequent nur an inneren Werten orientieren und diese in den fraglos dankbaren gutmütigen Hässlichen gefunden haben. Ein urwüchsiger Mutterinstinkt gepaart mit konkret gelebter Gesellschaftskritik.
Doch was genau bewegt diese Frauen dazu, sich den täglichen fragenden Blicken, tuschelnden Menschen und offensichtlicher Verständnislosigkeit zu stellen? Wo sie es doch mit ihrem Aussehen weit besser(?) haben könnten?

Vielleicht ist es die Oberflächlichkeit der meisten „hübschen" Jungs. Die hatten schliesslich zwischen all den Parties und One-Night-Stands gar keine Zeit für sich selbst – herauszufinden, wer oder was sie sind oder wollen. Ständig waren sie damit beschäftigt, eine Auswahl der Mädchen zu treffen, die sich ihnen zu Hundertschaften feilbieten.
Und so bekommt jeder das, was er auch verdient...
Die netten, hübschen Jungs ihren allwöchentlich zelebrierten One-night-Stand,
und die verschlossenen, hässlichen eben die Frau fürs Leben.
Denn nichts hält fester zusammen, als jene Symbiose seltsam anmutender Ästhetik.

Die Herzblatt-Trilogie

Episode I

Eben Herzblatt gesehen. Toll. Liebe auf Probe, allerdings vorgeprobt. Auch mal probieren!

Episode II

Ich war dort! Fendrich ist ja sooo nett.
Und sie hat mich auserwählt! MICH!
Herzklopfen, als ich gespannt hinter der Wand stehe, und mir ausmale, wer mich dahinter wohl erwartet.
Noch mehr Herzklopfen, als die Wand langsam zurückfährt.
Doch dann: 200 Pfund, grell geschminkt! Herzrasen!
Ein Jauchzer, und der Wabbelpanzer rollt auch mich

zu, um mir einen ihrer ganz besonders feuchten auch die Wange zu quetschen.
Aufgewacht und Glück gehabt. Was nur ein böser Traum... Traum? Traumhochzeit? Hilfe, niemals wieder TV-Gekuppel! Lieber weiter allein!

Episode III
Kontaktanzeige aufgegeben. Scheint mir das bessere Mittel. Nach langer Suche zwischen Hunderten anderer Anzeige endlich meine eigene in der Zeitung gefunden. Da steht zu lesen:
„ Junger Mann (23) sucht offene, ehrliche Sie, die an einer festen Beziehung wirklich interessiert ist. Bitte meldet Euch doch unter Chiffre XXZa122"
Keine einzige Antwort erhalten. Was war denn an der Anzeige so falsch? Gibt es keine offenen ehrlichen Frauen, oder ist eine feste Beziehung einfach „out"? Aber eines steht fest – ich bin gar nicht so allein. Immerhin suchen Hunderte andere ja auch!
Da kommt ja richtig ein Gemeinschaftsgefühl auf!
Doch! EINE Antwort erhalten. Sofort ein Rendezvous vereinbart. Im besten Haus am Ort.
Erwartungsvoll mit Nelke im Knopfloch hineingegangen. Wieder Herzklopfen.

Oh Schreck! Da sitzt die Walze aus meinem Herzblatt-Traum! Mit Nelke.

Noch immer allein...

Der leise Hilferuf des Brautkleides

Wehmütig erinnere ich mich an jenen Tag, an dem ich von meiner Besitzerin so stolz ausgeführt wurde und ich noch ihr „Traum in Weiss“ war.

Ich erinnere mich noch genau an das glückliche Leuchten, das an jenem Tag in ihren Augen lag, an jenem Tag der für uns beide der schönste war.

Ich weiss noch genau, mit welch schüchterner Stimme sie das Ja-Wort hauchte und entsinne mich noch der Tränen, mit denen sie und ihre Mutter mich benetzten.

Und wie sie versehentlich meinen Ärmel in die Kaffeetasse tauchte, als ihr Vetter ihr die Hand zum Glückwunsch reichte.

Es war der Tag, für den mich meine Schneiderin mit Mühe und Liebe erschaffen hatte.
Handwerklich - meisterhaft.

Heute – heute liege ich in einer alten Pappschachtel, mit der ich schon lange dicke Freundschaft geschlossen habe, und verstaube so vor mich hin....

Und wenn ich meine damals so stolze Besitzerin dann manchmal mit ihrem Ehegatten lautstark über Dinge diskutieren höre, die eigentlich aufgrund ihres geringen Gewichts einer derartigen Lautstärke gar nicht bedürften, wenn ich sie dann still weinen höre, dann wünschte ich, sie käme zu mir und würde die Pappschachtel, mit der ich nun wirklich gut befreundet bin, noch einmal öffnen, und mit mir gemeinsam des Tages gedenken, der doch für uns beide der schönste im Leben war.

Leider verstauben eben Dinge, die man mehr oder minder achtlos liegen lässt, und so staube nicht nur ich still vor mich hin...

Das Feindbild.

Servus, Ich bin's, Dein Feindbild!

Ich wollte mich nur mal wieder so richtig in Erinnerung rufen. Ich möchte nämlich, dass Du mich auch weiterhin bedingungslos hasst!

Denn Du weisst ja, ohne mich kannst Du gar nicht leben. Ich wollte nur, dass Du Dich der Tatsache entsinnst, dass ich immer gegenwärtig bin – und Dir jeden Tag mit einem anderen Gesicht und in einer anderen Form begegne...
... erst gestern wieder ... aber das weisst Du ja selbst, ich bin mir sicher, Du erinnerst Dich... erinnerst Dich... erinnerst Dich... erinnerst Dich...
Wir können beide ohne einander nicht sein, drum hasse mich – hasse mich!
Dein Feindbild.

PS: HASSE mich – damit ich leben kann!

Beifall.

Zu einer seltsamen Angewohnheit
der Menschen
gehört es,
Zustimmung
und Anerkennung
durch unkontrolliertes Aufeinanderschlagen
der Handinnenflächen
kundzutun.
Wie wäre es doch auch befremdlich
wenn sie statt dessen...
-Ja, was eigentlich sonst?!
Und wieder: Das Gewohnheitstier – auch in mir...

Korruption.
(Ein Beamter an seinem Schreibtisch unterhielt sich mit mir:)
„ICH lasse mich nicht kaufen, ICH NICHT!
Schmiergelder annehmen? ICH?!?
NIEMALS. Das ist wider meine Ehre!
Schliesslich gibt es ja noch andere, viel wichtigere Dinge im Leben als schnödes Geld...
Was will ich auch mit einer weissen Villa, einem Swimmingpool, Autos und dem ganzen Kram?
Na gut, zugegeben – schön wäre es schon.
Wie bitte? EUR 500.000,- für die Beschleunigung der Zulassung Ihres Medikaments?
NIEMALS!
Na ja, getestet wäre es ja...
Also gut. Aber nur dieses eine Mal!

Eine Ausnahme!
Danach will ich nichts mehr von Ihnen hören – bis das Geld alle ist..."

Manche Dinge sind eben doch nur eine Frage des Preises...

Guter Führungsstil.

Rechtzeitig sollten sich die autoritären Führungskräfte ins Stille Kämmerlein zurückziehen, um ihren Führungsstil im eigenen Interesse zu überdenken.
Im Zeitalter der freiheitlich-selbstbewussten Erziehung ist der Unfriede und Trotz vorprogrammiert, wenn sie versuchen, die erstarkt-unbeugsamen Kleinen in einen Angstrespekt zu pressen, die sie lustlos arbeitsunfähig nach Neuem suchend (fluktuierend) geradewegs in die Arme derer treibt, die die Entwicklung rechtzeitig erkannt haben. Die Kleinen reden schliesslich miteinander. Und der Platz der Grossen ist eben nicht mehr drohend über, sondern teamworklich schräg seitlich über den Kleinen.
Schwer so, aber eben besser – miteinander.

Weihnacht.

Wie jedes Jahr pünktlich mit den ersten Schneeflocken das Gewissen eingerastet. Und weil es drückt: Spende an Misereor. Befriedigt zurückgelehnt. Geht doch. Spätestens zu Fasching wird es eh' wieder ausgeklinkt. Mit diesem Wissen lässt sich der Konsumorgasmus in vollen Zügen geniessen. Und zu alledem: Friede, Freude, Weihnachtsgans.
Auf Kommando – steht ja so im Kalender.
Der Mensch ist eben doch ein Gewohnheitstier.

Anzugsmaus.

Gestern Mittag in der Fussgängerzone eine graue Anzugsmaus dickbebrillt unscheinbar an mir vorbeigeschlichen.

Abends dann zufällig im Wirtshaus wiedergetroffen. Starke Sprüche gehört wie „Deutschland den Deutschen, Asylantenpack und all das andere... Ja, ja: Der Gerstensaft, der mutig macht...

2 Frauen.

Was mag wohl 2 Frauen dazu bewegen, gemeinsam Hand in Hand auf die Tanzfläche zu schweben?

Ist es die Selbstlüge, keinen Freund zu wollen, die Angst davor, Spass am Tanzen, Zurschaustellung, oder was?!

Nachdenklich nach Hause gegangen und das heimlich mal mit meinem Kleiderständer ausprobiert ...

Hat mich auch nicht weiter gebracht...

Und dann das Phänomen, gemeinsam die Toiletten aufzusuchen. Wo doch selbst der Kaiser allein hingeht. Ach so, ist ja auch keine Frau! Auf Befragung antwortet mir ein Frauen-Paar, die mir glücklich dreinblickend aus der Toilette entgegenkommen: Dies ist ein Ort, an dem man sich ungestört unterhalten kann. Ohne dass einer zuhören kann.

Hier wittere ich nun meine Chance, doch noch Millionär zu werden:

Sofort an Villeroy und Boch geschrieben, um dort in Lizenz eine Art Konferenz-Klo produzieren zu lassen – Zweisitzer, abhörsicher.

Von diesem Patent könnte man leben...

Gestern Nacht.

Gestern Nacht wieder einmal ausgegangen. An der Tanzfläche wieder in etliche Augenpaare geschaut. Alle tot. Bei einer ziemlich hübschen Frau tiefer geschaut. Auch tot.

„Ist der hohl. Was starrt der mich so an. Was grinst der so blöd?!" , hat sie gedacht. Das war sichtbar.

Freundlichkeit scheint einem als Schwäche ausgelegt zu werden. Kontaktfreudigkeit auch.

Ich gehöre wohl nicht hierher. anpassen deswegen?

Nö!

Warum ich manchmal schwarz sehe.

Über Zivil-Courage, Toleranz und Rassismus.

Setzt man sich mit dem Thema Zivil-Courage auseinander, landet man zwangsläufig irgendwann einmal bei der Frage: „Hätte ich weggeschaut?".

Man hört die eine oder andere Geschichte, und stellt sich diese Frage.
Es kann eine sehr unangenehme Frage sein.

In der achten Klasse im Biologieunterricht verfolgen alle Schüler mehr oder weniger interessiert den Unterricht. Die Lehrerin stellt eine Frage in die Runde. Üblicherweise müsste man per Handzeichen signalisieren, dass man eine passende Antwort parat hat. Diese gibt man dann auf Zuruf der Lehrerin zum Besten. Ich bin ein ungeduldiger Schüler, der oft zeigen will, dass er eine Antwort hat. So auch an jenem Tag. Meine Antwort kommt wie aus der Pistole geschossen, und lange bevor die anderen per Handzeichen ihre aktive Teilnahme am Unterricht gestalten können. Dies geschieht mir gelegentlich, vor allem mit Antworten, bei den ich mir 100%ig sicher bin, das sie richtig sind. Heute jedoch ist etwas anders als sonst. Denn einer unserer Mitschüler steht auf, kommt an meinen Tisch gelaufen, und verpasst mir eine schallende Ohrfeige. „Gerade Ihr Neger habt nur zu reden, wenn ihr gefragt werdet!"

Perplexes Schweigen. Er geht, nein er schlendert gemütlich an seinen Platz zurück. Niemand sagt ein Wort. Die 28 anderen Schüler sehen kommentarlos zu, was da passiert, und - viel schlimmer noch:
Die Lehrerin ebenso. Der Unterricht geht weiter, als sei nichts geschehen.

Wir Neger werden künftig schweigen, bis wir gefragt werden. Das haben wir eben gelernt, die Gesellschaft hat uns das gerade eben beigebracht. Hätten Sie auch weggeschaut?

Verabredet mit einem Mädchen in einer Diskothek 100 km entfernt von zu Hause stehe ich in der Warteschlange. Sie ist schon drin, denn ich bin spät dran, und es ist kalt draussen. Die Schlange wird nur langsam kürzer, die Tür kommt nur sehr mühsam näher. Endlich, kurz vor der Tür, winkt mich der Sicherheitsmann zur Seite und sagt: „Heute nur für geladene Gäste." Ich erkläre ihm, dass das ziemlich fatal wäre, immerhin bin ich extra 100 km gefahren, und meine Verabredung ist schon drin.
Ich insistiere. Nach einer Weile erklärt er mir, dass sie keine Türken reinlassen, schlechte Erfahrungen, eine Messerstecherei. Ich zeige meinen Ausweis, sehe das verdutzte Gesicht des Türstehers und – darf rein.

Wir Neger dürfen nur dann in eine Disko, wenn wir einen Ausweis zeigen können, in dem das richtige steht, haben wir gerade gelernt. Hätten Sie weggeschaut?

Später, in einer anderen Disko auf der Toilette kommt ein alkoholisierter Bursche hinzu, der kaum gerade stehen kann, stellt sich neben mich und sagt: „Na, was ist das für ein Gefühl, neben einem Deutschen pinkeln zu dürfen?“

Wir Neger müssen uns geehrt fühlen, wenn wir neben einem Deutschen pinkeln dürfen. Hätten Sie weggeschaut?

Eine Frau stellt an einem warmen Sonnentag ihr Auto in einem Parkdeck so ungeschickt ab, dass sie zwei Plätze belegt, und es selbst für einen Kleinwagen keine Chance mehr gibt, daneben zu parken.
Ich gehe hin zu dieser Frau, und weise sie darauf hin, dass sie doch bitte das Auto ein wenig besser hinstellen soll, damit auch andere noch eine Möglichkeit hätten, den Schatten des Parkdecks zu nutzen. Nein, sagt sie, das Auto bleibt so stehen. Ich werde wütend, und sage zu ihr: „Dieses Verhalten ist asozial!“ Ihre Tochter brüllt mich an, wir Kohlenfresser seien die Asozialen, und sollten dahin gehen, wo wir hergekommen sind, wenn es uns nicht passt, und sie kenne uns Gesindel und Mafiosos, und wenn ich noch einen Muckser sagen würde, würde sie mir eine Scheuern. Das Auto bleibt genau so stehen, die beiden gehen. Und mit ihnen die beiden Kinder, die sie mitgebracht haben, beide so um die 10 Jahre alt.
Ein kleines Stück haben wir den gleichen Weg, und ich höre den Sohn sagen: „Na, Mama, dem hast Du’s

aber gegeben, wenn der noch ein Wort gesagt hätte, hättest Du ihm eine verpasst – den hätte es grad umgehauen."

Wir Neger sind die Asozialen, und nicht Willkommen in diesem Land.
Wir sind Gesindel, und haben zu Schweigen, wenn Deutsche etwas falsch machen.
Wir sind Mafiosos, Verbrecher. Wenn wir nicht schweigen, dann fangen wir uns eine ein.

Das haben wir in der Schule ja schon so gelernt. Und die beiden kleinen Kinder, die das miterlebt haben, die haben das auch so gelernt.
Und wahrscheinlich bringen diese Kinder uns Negern eines Tages in der Schule bei, dass wir nur zu reden haben, wenn wir gefragt werden.
Oder dass es eine Ehre ist, neben einem Deutschen pinkeln zu dürfen.

Deutsche…

Ich hatte es fast vergessen zu erwähnen:
Ich bin in Deutschland geboren, habe 2 deutsche Eltern und arbeite und lebe hier in Deutschland.
Ich habe einen deutschen Ausweis, und ich spreche fliessend deutsch.
Ich zahle meine Steuern in Deutschland, und ich beschäftige in meiner eigenen deutschen Firma Deutsche, damit die nicht arbeitslos sind.
Ich würde sogar sagen: ich *bin* deutsch.

Zugegeben, ein dunklerer Typ, aber deutsch.

Aber ich bin nicht stolz darauf und nicht froh darüber, nein, manchmal widert es mich an, ein Deutscher zu sein.

Ich habe auch keine Lust mehr, Dinge wie diese auf sich beruhen zu lassen, zuzusehen, wie sich Menschen aufgrund blosser Äusserlichkeiten das Recht herausnehmen, andere zu diffamieren und zu beleidigen oder tätlich anzugreifen. Ich habe keine Lust mehr, wegzuschauen.

Und ich stelle Ihnen als Leser und an den Staatsanwalt, der diese Angelegenheit irgendwann einmal zu entscheiden haben wird die Frage:
Werden Sie wegschauen?

Vielleicht werde ich eines Tages dem Rat der Dame folgen, und dahin zurückgehen, wo ich hergekommen bin.

Nach Stuttgart.

Das ist aber unglücklicherweise auch in Deutschland.
Das ist leider- alles- wahr...

Wohin führt das alles?

Wo!? Wo stehen wir eigentlich?

Wir leben in einer Welt, in der Pharmakonzerne Krankheiten pflegen, statt sie zu heilen (->Regividerm) - weil es besser ist, Geld zu verdienen, als der moralischen Verpflichtung zu folgen.

Was sind das für seltsame Monster, deren Wucherungen wir mit den Konzernen und Aktiengesellschaften zugelassen haben.
"Oben" sitzen Menschen, die in einem Monat so viel Geld verdienen, dass es für ein Leben reicht.

In Sozialbauten verdicken, verdummen und verrohen HartzIV-Empfänger vor den Nachmittagsserien, chancenlos, gezwungen das bisschen Geld für Alkohol auszugeben, nur damit sie wenigstens einmal am Tag so etwas wie Linderung spüren.

Und das Essen bringt die Tafel, die wir zwischenzeitlich nun schon damit unterstützen können, dass wir den rechten statt den linken Knopf am Flaschenpfandautomaten drücken.

Vor 17 Jahren habe ich mit dem Text "Beinahe-Hospitalismus" vorausgesagt, dass unsere Kids im feindlichen Umfeld zu Gewalttätern herangezogen werden. Und - es gibt Momente, in denen ich es hasse, wenn ich Recht habe...

Jungen, Mädchen stürmen in Schulen mit Gewehren, Pistolen und Macheten bewaffnet, um möglichst grossen Schaden anzurichten, und Heranwachsende treten an Haltestellen unschuldige Menschen gegen die Köpfe, bis sie sterben. Killerspiele seien der Grund...

Ein Automobilkonzern schrammt gerade so an einer Pleite vorbei, und versucht dann die in der Not Aussicht gestellten Hilfs-Steuer-Gelder in Anspruch zu nehmen, und erpresst den Staat damit, dass dann eben doch die Arbeitsplätze wegfallen, um dann auch noch in grenzenloser Frechheit darauf hin zu weisen, dass das Geld ja ohnehin verplant gewesen sei. Und das nur, um damit wieder die Gewinne für das nächste Jahr zu steigern...

Da sind Geldsummen im Gespräch, die sich der Normalsterbliche gar nicht mehr vorstellen kann um Banken zu retten, und kaum ist die Rettung da, werden wieder Gewinne ausgeschüttet, die Zinsen für die Kontoüberziehung bleiben weiter astronomisch und die Mittelständler bekommen nur noch Kredite, wenn sie die Kreditsummen möglichst komplett in Sicherheit hinterlegt haben.

Beinahe alles wird momentan mit dem Wort "Finanzkrise" entschuldigt.

Was ist das eigentlich.... Geld...?
Zahlen auf Kontoauszügen, Bildschirmen, Papier in der Geldbörse.

Was bräuchten wir denn eigentlich zum Leben? Das bisschen Essen...

Und selbst da werden wir nun auch schon übers Ohr gehauen, denn ein Schinken ist kein Schinken mehr sondern Pressfleisch und Surimi sind angemalte in Shrimpsform gepresste Schlonze, die im Rohzustand niemals jemand auf die Idee käme zu essen.

Was tun wir eigentlich heute, um glücklich zu sein?

In Zeiten, in denen Egoismus schick und Alltag ist, in denen der arme Einzelhändler unter Generalverdacht stehen auch noch um seinen Unternehmerlohn betrogen wird, weil jedes dritte Fernsehmagazin die Menschen dazu erzieht, wie man Rabatte zu bekommen hat.

Haben wir unsere Mitmenschen auf der Strasse zuletzt eigentlich mal angelächelt, auf dem Bahnhof einer älteren Dame den Koffer die Treppen hochgetragen, ohne dass sie gleich Angst haben musste, er würde entwendet?

Die Krise, in der wir heute leben hat die Grundursache nicht in der Finanzwelt.

Die Krise steckt vielmehr in der Unfähigkeit derer, die uns lenken, von den Lobbys unbeeinflusst mutig die richtigen Entscheidungen zu treffen.

Die Krise steckt in der sozialen Inkompetenz von uns allen, wie wir sehenden Auges unsere Jugend verdummen lassen.

Die Krise steckt in so vielen anderen Dingen, die wir alle täglich übersehen, um die wir uns nicht kümmern mögen, weil man ja doch nichts ändern kann.

Was wäre eigentlich, wenn uns morgen einer die Rechnung aufmacht, und sagt... "Na, liebe Menschen, was habt Ihr denn nun erreicht!?"

Ich würde mich irgendwo verschämt ganz hinten in die dunkelste Ecke verziehen und hoffen, dass nicht ich antworten müsste.

Antonella.

Ich war jung. Machte gerade meinen Führerschein. Mittwoch und Freitag regelmässig in die Fahrschule.

Wieder und wieder musste man die Testbögen ausfüllen.
"Damit es bei der Prüfung auf Anhieb klappt", hatte der Fahrlehrer gesagt.

Fleissig kreuzte ich die Antworten an.
Konzentriert starrte ich auf die Fragen, auf die Bildchen. Es ging gut von der Hand. Dann eine Frage, die nicht so einfach schien. Ich kannte die Antwort, sie lag mir auf der Zunge.

Nachdenklich schaute ich nach oben...

Da sass sie.
Direkt mir gegenüber, auf der anderen Seite.
So schön.

Dann Ernüchterung.
Der Mann neben ihr schien zu ihr zu gehören.
Sprach mit ihr. Eigentlich ein sympathischer Kerl.
Doch nicht für mich.
Viel zu alt für sie. Und überhaupt.
Wie kann sie mit so einem zusammen sein?

Ich versuchte, mich weiter auf die Fragen zu konzentrieren, die der Bogen von mir wissen wollte.
Aber ich erwischte mich wieder und wieder, wie ich sie ansehen musste. So schön. Aber der Typ.
Viel zu alt. Und überhaupt.

Ich wünschte mir, sie würde mich bemerken.
Sie würde den alten Sack in die Wüste schicken und mit mir durchbrennen. Irgendwohin, von mir aus nach Mexiko. Hauptsache mit ihr.

Verdammt! Er hatte mich bemerkt.
Vermutlich schaute ich zu auffällig.
Er war gar nicht sauer, dass ich sein Mädchen anschaute. Seltsam.

Er beugte sich zu ihr rüber und flüsterte ihr etwas zu.
Sie schaute auf. Sah mich an.

Kennt ihr den Moment, wenn Zeit stillsteht. Sie tat es.
Stand still.
Wie mein Herz fast auch. Ihre Augen. So viel Leben.
So viel Liebe...

Ich schaute weg. Hielt es nicht aus. Seltsam.
Der Typ neben ihr zwinkerte mir zu.
Er war zu jung, um ihr Vater zu sein.
Aber viel zu alt für sie. Und überhaupt.

Der Bogen blieb an meiner Hand kleben. Die Fragen wurden unwichtig.

Mein Herz schlug bis zum Hals. Ich wagte wieder einen Blick.

Sie schaute mich wieder an. Lächelte.

Ich war versucht, mich umzudrehen.
Nachzuschauen, ob da einer hinter mir stand, den sie meinen könnte.
Nein, sie meint mich.

Ich versuchte, zurück zu lächeln.
Ich glaube das sah ziemlich albern aus.
Ein Lächeln war es jedenfalls nicht. Sie verzieh es.
Hielt den Blickkontakt.

Ich wurde immer nervöser.
Auf dem Tisch blieb der Handabdruck zu sehen, nachdem ich sie wegnahm.
Und er blieb lange. Ich wurde zappelig.

Was nun!? Ansprechen? Unmöglich!
Ich versuchte mir einzureden, sie wäre überhaupt nicht an mir interessiert. Versuchte, mich wieder auf meinen Bogen zu konzentrieren. Noch 3 Kreuze, dann abgeben.

Später sollte sich herausstellen, dass der Bogen 3 Fehler hatte. Die letzten 3 Antworten waren falsch.

Ich stand auf, ging zur Abgabe.

Der Typ stand ebenfalls auf.

"Jetzt bin ich dran...", dachte ich.
"Oh nein, er kommt tatsächlich auf mich zu..."

"Hallo, ich bin Mimo.", stellte er sich vor.
Mimo war ein bisschen angsteinflössend.

"Das da hinten ist meine Nichte, Antonella. Was machst Du nachher?
Komm doch mit uns, was trinken..."
Mimo war toll.

Nichts lieber als das.

Eine halbe Stunde später sass ich in seinem Sportwagen hinten drin.

Neben mir Antonella.
Wir schauten beide angestrengt weg, und konnten trotzdem unsere Augen nicht voneinander lassen.
Immer wieder trafen sich unsere Blicke.

Es gibt diese Momente. Da schaut man eben einfach zur Sicherheit nach, ob sie noch da ist.
Ja, war sie. Das war kein Traum.

Mimo erzählte von Antonella. Sie war aus Italien zu Besuch gekommen, und bei seinem Bruder untergebracht. Der hatte eine Pizzeria, sie konnte dort arbeiten, und ein bisschen Geld verdienen.
Für den Führerschein.

Und er sei sehr streng. Er dürfe auf keinen Fall erfahren, dass wir was trinken gehen.
Die Musikanlage war wie schon das Auto - teuer.

Freddy sang "I'm the invisible man"... und
"a kind of magic".
Ich war froh, dass ich für sie nicht unsichtbar war.
Und ja verdammt - das war Magie.

Niemals zuvor war ich so dermassen vom Blitz getroffen.
Sie sagte etwas zu mir. Ihre Stimme war für mich wertvoller als jeder klare Klang aus der teuren Anlage.

Sie wiederholte es. Ich hatte nicht zugehört.
Wir seien da.
Wir stiegen aus.
Mimo war klasse.

Sehr geschäftig erklärte er, er müsse uns beide kurz allein lassen, er habe etwas mit dem Wirt zu besprechen.

Mimo hatte ein Herz aus Gold, denn natürlich hatte er überhaupt nichts zu besprechen.

Er wollte uns beide nur allein lassen. Zaghaft begannen wir eine Unterhaltung. Schnell merkten wir, dass wir vieles gemeinsam haben, sogar bei der Musik waren wir einig.

Und endlich hatte ich einmal jemanden, der mir "adesso tu" übersetzen konnte.

Kennt Ihr das, wenn Momente so schön sind, dass man nicht mehr atmen kann? !

Antonella... Ich liebte ihren Namen. Ihre Augen.
Ihre Stimme.
Wie alles Schöne ging auch das zu Ende, Mimo winkte mit seinem Autoschlüssel. Auf geht's.

"Wenn euch das gefallen hat, machen wir das nächstes Mal wieder."
Zwei Mal heftiges Nicken aus dem Fonds.
Mimo lachte.

Wisst Ihr, wie lange Freitag bis Mittwoch sein kann?
Vierhundertzweiunddreissigtausend Sekunden...

Ich dachte an sie, jeden Tag. Jede Stunde.
Immer wieder sah ich sie vor mir, wie sie mich anschaute...
Und es gibt 32 verschiedene Betonungen,
mit denen man sich "Antonella" im Kopf vorsagen kann. Fragt nicht...

Verliebt sein ist schön. Und grausam.

Endlich Mittwoch.

Die Führerscheinfragen waren schnell beantwortet.
Wir wollten ja keine Zeit verlieren.

Mimo hatte wieder was unfassbar Wichtiges zu besprechen mit dem Wirt und wir sassen beieinander.

Das wiederholte sich so, jeden Freitag, jeden Mittwoch.

Bis zu jenem Tag.

Ich merkte gleich, dass was nicht stimmt.
Ausgerechnet.

Ich hatte ihr eine Kette gekauft.
Mein komplettes Vermögen ausgegeben.

Mit einem goldenen Herz als Anhänger.

Mimo sagte, wir könnten nicht reingehen in die Fahrschule, wir müssten sofort in "unsere" Bar fahren.

Der böse Onkel hatte alles herausbekommen.
Sie müsse noch am Wochenende wieder nach Italien zurück zu ihren Eltern.

Selbst traurig war Antonella schön.

Wir redeten nicht viel. Sie meinte nur, wir hätten keine Chance uns zu schreiben,
die Eltern würden die Briefe nicht weitergeben.

Und sie bekäme sehr grossen Ärger.

Ich glaube noch heute fest daran, dass ich gehört habe, wie etwas in mir zerbrach.
Wir litten gemeinsam.

Mimo war nervös.
Seine "wichtige Besprechung" war viel früher zu Ende als sonst. Wir standen zusammen am Auto.
Mimo ging ein paar Schritte weg.
Ich gab ihr die Kette. Ohne viele Worte.

Sie senkte den Kopf, damit ich sie ihr anlegen konnte.
Ich war elektrisiert.

Das war die erste und einzige Berührung, in all der Zeit.

Die Kette stand ihr wunderbar.

Selbst traurig war sie schön.
Selbst mit Tränen in den Augen.
Ich pfiff auf die Tapferkeit.
Eine einzelne Träne rann meine Wange herunter.
Antonella verstand. Wir umarmten uns. Ich ging.

Kennt Ihr das, wenn die Welt die Farben verliert?
Wenn selbst "dunkel" wirklich schwarz wird?

Wenn man die Frage "Warum?" lauter in die Welt schreien möchte, als es die Stimmbänder überhaupt zulassen?

Ein paar Jahre später dachte ich wieder an sie.

Ich war gerade nach einem Geschäftstermin mit einem beträchtlichen Hunger von der Strasse abgefahren, zu einer Pizzeria.

Pizzerias erinnerten mich immer an Antonella.
Auch wenn ich keine Ahnung hatte, wo die Pizzeria von ihrem bösen Onkel war.

Vielleicht war das auch besser so.

Die Pizzeria wirkte heruntergekommen.
Am Tresen sass ein besoffener
Typ im Unterhemd. Schmuddelig.
Mit fettigen grauen Haaren um die Glatze.

Der Hunger war stärker.
Ich setzte mich an einen Tisch.
Die Bedienung brachte mir die Karte.
Ich nahm sie ihr ab, sie blieb länger stehen, als sich das für eine Bedienung gehört.
Ich sah sie an.

Antonella. Dort stand sie.
Hatte mir eben die Karte gebracht.

Sie, höchstpersönlich!
Mein Verstand, mein Herz... spielten verrückt.
Freude, Unsicherheit...
Meine Liebe zu ihr schüttelte in Sekunden den Rost von sich ab.
Und all das Moos...

"Antonella...", sagte ich.
Meine Stimme war leise, brüchig, unsicher, überrascht, so anders, als ich sie eigentlich für diesen Namen benutzen wollte.

Ich räusperte mich.

"Antonella?" - Sie nickte still.
Selbst traurig war sie schön.

"Bist Du wieder hier?!"

"Ja...", sagte sie.
Wieso freute sie sich nicht, verdammt?!

Mexiko... Ich würde selbst nach Mexiko...
Immer noch.

"Ich lebe jetzt hier..."
Das ist doch wunderbar, dachte ich.

"Und bin verheiratet."
Sie sah verdammt unglücklich verheiratet aus.

"Mit dem da...", sagte sie, und zeigte auf den Glatzkopf im schmuddeligen Unterhemd.

Kennt Ihr das Gefühl, wenn man aus einer unsicheren Freude heraus direkt wieder lernt, wie dunkel Schwarz sein kann?

Als ich die Pizza bezahlt hatte, und gehen wollte, da hielt sie mich vorne an der Tür kurz zurück.

Flüchtig vergewisserte sie sich mit einem Blick über die Schulter, ob das Schmuddelunterhemd
sein Gesicht aus dem Bierkrug bekam.
Nein, bekam er nicht.

Wortlos zupfte sie an der Kette um ihren Hals.

Das goldene Herz kam zum Vorschein,
baumelte auf ihrer weissen Bluse.

"Ich habe es seither getragen. Jeden Tag.", sagte sie.

Noch ein Abschied. Diesmal für immer.

Die Seelen-Zupfer.
Eine Nicht-nur-für-Kindergeschichte.

Man kennt das ja. Von Zeit zu Zeit überkommt uns scheinbar grundlos Schwermut.
Oder miese Laune. Oder man hat schlechte Träume. Früher, als die Heizungen in den Häusern noch einfache Feuer waren, da wussten die Leute noch, wer da Schuld trägt.

Damals erzählten die Grossväter ihren Enkeln aber auch noch Geschichten, die wichtig sind für 's Leben. Und sie waren es auch, die wussten:
Das sind die Seelenzupfer.

Seelenzupfer sind kleine nackte Wesen, von denen sich die Gelehrten noch heute darüber streiten, ob sie nun der Familie der Kobolde oder der Zwerge zuzuordnen seien. Die Isländer jedenfalls sind fest davon überzeugt, es seien Trolle. Aber so richtig weiss das niemand genau.

Das kann auch daran liegen, dass man sie so schlecht sieht und dass man gemäss den Aufzeichnungen in den grossen Bibliotheken der Welt auch noch nie einen gefangen hat.

Was man weiss ist, dass sie braun sind, eine sehr grosse Nase haben und tiefliegende, grüne Augen. Sie riechen ein bisschen komisch. Modrig.

Das kann allerdings an den Verstecken liegen, in denen sie sich aufhalten, wenn sie nicht gerade eine Seele zupfen. Auf dem Rücken haben sie dichtes Haar.

Das ist aber kein gewöhnliches Haar, es wie aus Glas. Das ist auch der Trick, mit dem sie sich verstecken. Sie drehen sich einfach mit dem Rücken zu einem hin, und das Glas spiegelt die Welt so zurück, dass sie vor nahezu jedem Hintergrund verschwinden.

Man würde sie dann nur sehen, wenn sie sich bewegten, aber sie sind sehr geduldig und können sehr lange ihren buckligen Rücken zeigen.

Und sie haben spitze Zähne. Das muss noch von ganz früher sein, denn sie fressen heutzutage nichts, wozu sie sie bräuchten.

Vielleicht haben sie sie noch, um ein bisschen gefährlicher auszusehen - falls sie mal erwischt werden. Gebissen wurde noch nie jemand.
Zumindest nicht seit der Zeit, seit der Menschen das hätten aufschreiben können.

Die Seelenzupfer haben grosse klebrige Hände. Mit denen können sie wundersame Dinge anstellen. Sie können damit durch Sachen hindurch greifen.

Damit fassen sie uns Menschen in die Brust, meistens im Schlaf. Und zupfen an unseren Seelen.

Weil die Hände so klebrig sind, bleibt immer ein Stückchen Seele dran kleben.
Und daran lutschen sie dann, bis es alle ist.
Davon leben sie.

In ganz seltenen Fällen kommt es vor, dass eine Seele dabei verletzt wird, wenn sie mit ihren schmutzigen Fingernägeln daran zupfen.
Dann kann sich das entzünden.

Und eine entzündete Seele bereitet oft tagelang Schmerzen.
Manche sagen dazu, man hat ein schweres Herz.
Aber das ist natürlich Unsinn, das Herz wird dadurch keinen Gramm schwerer.

Es fühlt sich ungefähr so an, als hätte man etwas oder jemanden verloren, den man sehr mag.

Seelenzupfer hassen gute Laune. Bestimmt sind sie neidisch darauf. Deshalb machen sie um gut gelaunte Menschen einen grossen Bogen.
Und Menschen, die gut im Herzen sind, die lassen sie auch in Ruhe.

Das ist gewiss so, weil deren Seelen einfach fester sind, und viel weniger kleben bleiben würde.

Ich persönlich habe eigentlich nichts dagegen, wenn sie von Menschen leben, die kein gutes Herz haben.
Möglicherweise haben die es verdient, dass sich ihre Seele entzündet.

Aber manchmal, da erwischt es auch leider Personen, die das nicht verdient haben...

Das sind Menschen, die zu viel arbeiten.
Oder Menschen, die so viel für andere Menschen tun, dass sie dabei ganz vergessen, auf sich selbst zu achten.

Bei diesen Leuten weicht die Seele auf, wenn sie nicht aufpassen.

Und dann haben die Seelenzupfer ein leichtes Spiel.

Und wenn ein Seelenzupfer einmal jemanden gefunden hat, bei dem er immer satt wird, dann bleibt er natürlich auch immer in dessen Nähe.

Und dann kommt es viel öfters vor, dass sich die Seelen entzünden.

Psychologen, die das alles viel besser wissen als ich, nennen das dann Burnout.
Oder Depression.

Und weil es einer entzündeten Seele viel schwerer fällt gute Laune zu bekommen, um damit die Seelenzupfer zu vertreiben ist das immer sehr, sehr schwer, das alles wieder in Ordnung zu bringen.

Es steht mir vielleicht nicht zu Euch aufzufordern, ein bisschen zu forschen, ob jemand in Eurer Nähe mit diesem Problem zu kämpfen hat.

Aber wenn Euch jemand auffällt, auf den das zutrifft, dann bleibt doch ein bisschen in seiner Nähe, wenn Ihr Zeit habt.

Und schaut, ob Eure gute Laune nicht ausreicht, die Seelenzupfer bei denen zu vertreiben, die eine entzündete Seele nicht verdient haben...

Weihnachten zum Wundern

Wir waren bei einer gut betuchten Familie eingeladen an jenem 24. Dezember.

Alles war üppig. Das Festmahl, der Weihnachtsbaum... Er bog sich unter goldenen Weihnachtskugeln, teurem Glas- und Holzspielzeug und unter der Beleuchtung.

Alles war sehr harmonisch. Im Hintergrund unaufdringlich klassische Musik.
In der Luft der Duft von Tannennadeln.

Wir waren ungefähr 10, 12 Erwachsene, und ein kleiner Junge, vielleicht 6 Jahre alt.

Der Junge tat alles, um im Mittelpunkt zu stehen.
Er war ein goldiger Kerl, den man die ganze Zeit nur knuddeln wollte, mit blonden Haaren.

Er erinnerte mich immer ein wenig an den kleinen Prinz. Mein Lieblingsbuch. Noch heute.

Er konnte es kaum erwarten, die Geschenke zu bekommen, und wippte ungeduldig auf dem Stuhl hin und her. Wir Erwachsenen müssen diese kleinen Menschen aber auch immer auf die Folter spannen.

Der Rehbraten war vorzüglich, die Maroni und der Rosenkohl ein Gedicht.
Dann endlich, nach einem exzellenten Nachtisch – Zimt Parfait – ging die Mutter des Jungen rüber ins andere Zimmer. Eine Glocke erklang. Der Weihnachtsmann war da.

Aus der Unruhe des Kindes wurde freudige Aufregung. Er bekam rote Wangen und rannte zum Weihnachtsbaum. Ein riesiger Stapel Geschenke war dort aufgebaut.

Während wir Erwachsenen die üblichen Geschenke wie Bücher, Wein, Parfüm, Krawatten und Socken tauschten, schien der kleine Mann recht überfordert beim Auspacken.
Am Anfang bemühte er sich noch redlich, das Geschenkpapier nicht zu beschädigen.
Das gab er bald auf. Ungeduldig riss er ein um das andere Geschenk auf. Schaute es kurz an, und hielt es in die Luft, um es uns wie eine Trophäe zu zeigen – und es danach gleich wieder auf die Seite zu legen um das nächste Geschenk auszupacken. Er wurde immer schneller.

Dann öffnete er das letzte Geschenk und sah es an. Es war ein feuerrotes Feuerwehrauto mit einer Drehleiter. Sehr schwer und detailreich. Sogar Schläuche hatte es.

Dann begann er bitterlich zu weinen.

Niemand von uns verstand das. Wir alle dachten, was wohl mit ihm los sei und schauten uns ratlos an. Die Tränen liefen ihm über beide Wangen, er schluchzte so herzzerreissend , dass wir alle selbst schon betroffen dreinblickten. Ich glaube einige der Erwachsenen mischten unter Ihre Verständnislosigkeit noch den neidischen Gedanken, er solle sich nicht so haben, sie hätten als Kind niemals so viele Geschenke erhalten.

Seine Mutter nahm ihn in den Arm und fragte ihn:
"Aber was ist denn?! Wir haben Dir doch alles geschenkt, was Du auf Deiner Wunschliste stehen hattest? Wir haben nichts ausgelassen, Du hast alles bekommen?"

Als der Kleine sich soweit beruhigt hatte, dass er verständlich antworten konnte, sagte er, noch immer von Schluchzern unterbrochen:
"Das ist ja das Schlimme. Ich habe alles bekommen. Und jetzt – habe ich nichts mehr, was ich mir noch wünschen kann!"

Kleiner Kerl... Wir sollten von Dir lernen!

NACH – GESPROCHEN

An alle Lehrer, alle Menschen, denen wir unsere Kinder anvertrauen möchten, einen letzten Satz:

"Wenn eines Tages ein kleiner Junge auf Euch zukommt, mit einem zerknitterten Zettel aus der Hosentasche und auf diesem ein Gedicht steht...

Nehmt Euch die Zeit es zu lesen.
Findet es gut!

Ihr habt keine Ahnung, welche Auswirkungen das für ihn und sein späteres Leben haben kann."

Danke, lieber Wolfram Dauenhauer, dass Du Dir die Zeit für diesen Zettel genommen hast.

Denn deshalb hältst Du dieses Buch heute in Deinen Händen.

Ich habe noch eine Bitte, wenn ich darf.
Wenn Ihr an dieser Stelle angekommen seid, dann sendet mir bitte eine Nachricht. Mit nur einem Wort. Der Überschrift des Textes, der *Euch* am meisten bewegt hat. Weil mir das etwas bedeutet...

Vielen Dank.

Nico Szaba – himself@szaba.com